あの頃の短歌《うた》

村田耕三

文芸社

あの頃の短歌《うた》

目次

昭和二十（一九四五）年

昭和二十一（一九四六）年

昭和二十二（一九四七）年

昭和二十三（一九四八）年

昭和二十四（一九四九）年

昭和二十五（一九五〇）年

昭和二十（一九四五）年

八月十五日

繰り返しラジオは告げる正午より陛下親しく宣《の》らせ給うと

玉音《ぎょくおん》を待ち奉るひとときのラジオの響《ひび》き我は慄《おのの》く

朕《ちん》の身はいかにあるともと宣《い》い給《たも》う民草《たみくさ》我は今生きるを悔《く》ゆ

終戦直後

様々《さまざま》な情報流れ我もまた大きその一つ信じたりけり

戦《たたかい》は今や終りぬ静かなる葉月《はつき》の空に雲なかりけり

国敗れあどけなき子の楽しげな声聞こえたり耐えられなくに

國敗れようやくに知る戰《たたかい》の眞相《しんそう》これぞ言擧《ことあ》げも得ず

神風と名のみ尊し一《ひと》つなる生命《いのち》捧げし人を悲しむ

ひた隠《かく》し隠《かく》しに隠《かく》しただ勝つと信ぜしめたる人を憎むも

皇軍《こうぐん》のみだれみだれし様《さま》知りて国民我も憤《いきどお》り止《や》まず

尊《とおと》くも宮《みや》を頂く内閣を先達《せんだち》として国改めん
（敗戦後、初の総理大臣は宮様であった。）

秋来たる

二匹つれて飛べる蜻蛉《あきつ》の日に増せばあわれなるかも夏去《さ》りにけり

草の上に朝露《あさつゆ》しげし知らぬ間に早くもあるか昨日今日明日

　昭和20（1945）年

吹く風は既《すで》に秋なりこの国《くに》の落葉の道を我ひとり行く

援農

（終戦の年の北海道の秋の収穫は著しく遅れており、救済のための学徒動員で九月二十六日から江部乙《えべおつ》村へ約一ヶ月援農に行くこととなり、二人ずつ農家に宿泊す。）

鹿島立《かしまだ》つ仕度《したく》に暮《く》れし今宵《こよい》かも枕辺《まくらべ》を淡く月照らしたり

今日よりは長き住いぞ寒々《さむざむ》と破れ障子《しょうじ》の貧しさに居る

うす暗きランプもここは一つにて文《ふみ》も読み得ず早く寝《ね》にけり

雨降れば雨漏《あまも》ることを気にしつつ疲れし体《からだ》横たえにけり

朝靄《もや》に姿は見えず緬羊《めんよう》の啼《な》く声《こえ》聞こゆしきりに聞こゆ

濃《こ》き霧《きり》の視界は僅か三間《さんげん》を出《い》でざる中を山羊《やぎ》つれ出せり

堤防《ていぼう》のつめたき露に地下足袋《ちかたび》をしとどに濡らし山羊《やぎ》を繋《つな》げり

実入《みい》らざる白き稲穂《いなほ》はつらなりて向《むこ》うが透《す》けて見ゆる心地す

慣《な》れぬ手に麦刈《むぎ》りおればこの主《ぬし》は手を切らぬようにと繰《く》り返し言う

稲刈りの腰の痛《いた》みは耐《た》ゆるとも耐え難かるは古郷《くに》懐《おも》う心

稲刈りて暫しと憩《いこ》う我の眼に雲かげり行く秋の日ざしよ

稲刈れる我のうなじに温《あたた》かき陽《ひ》ざしは淡くなりにけるかも

雲影《くもかげ》の折々に来てうす寒き白き稲田に稲刈りており

霜深き稲田に立ちて稲刈ればあかぎれ痛く耐え難きかも

夜吹ける嵐静まり乱れたる稲刈り行けど遅々《ちち》と進まず

夕《ゆう》近く稲刈りおれば竿《さお》持ちて土手《どて》を行くあり夜釣《よづり》すらしも

夕陽《ゆうひ》は今し落ちたりいよいよに働くことはこれからにして

刈り乾《ほ》せし稲運びおれば月出でてここに働く甲斐を覚《おぼ》えぬ

大き月ぬっと出《い》で来て山影はいよいよ黒く際《きわ》立ちて見ゆ

月白く輝く夜に稲架《はさ》掛《が》けの果たし終えたる喜びにいる

よそよそし他人中《ひとなか》にありて温き力《ちから》の綱《つな》は友一人のみ
故郷《ふるさと》を遠く離れてこの年の初雪見《み》ると思わざりしを
他の友の働く家も遠ければ二人の学友《とも》に会いしのみなり

樂《たの》しきは晝《ひる》の休みに友と共に文《ふみ》をひもとくことのみなりし

家人《いえびと》は今し仕事に出《い》で行《ゆ》きぬ鞭《むち》打《う》つ我はこれに従う

馬車馬《ばしゃうま》のごとく働く友と我想《おも》うはただに帰る日《ひ》のこと

ここに来《き》し一日目より故郷《ふるさと》をひた恋いにける我《われ》にもあるか

援農《えんのう》は今日で終りぬふたたびは来まじとぞ思う身にしみて思う

我は今古郷《こきょう》に帰るああ思えばいかにつらかりし住いなりしか

恩師の戦死の報に接して

師《し》の訃報《ふほう》ひそかに開くアルバムの御《み》顔《かお》拝《はい》すも胸は苦しむ

恩師《おんし》なる御《み》写真《かげ》拝《はい》せば微笑《えみ》給《たま》い動くがごとく我を見《み》給《たも》う

23　昭和20（1945）年

今はなき恩師の御子《みこ》の清らかに師に似給《にたも》うを更に悲しむ

冬来たる

黄昏《たそがれ》て人なき郊外《さと》の寒空《さむぞら》に馬橇《そり》追う馬子《まご》の口笛《くちぶえ》あわれ

白々《しろじろ》と枯《か》れし藻岩山《もいわ》のひとところ寒けき雲の影沈みあり

この朝《あさ》け雪は止《や》みたり電線の雪太《ゆきぶと》りせしがくきやかに見ゆ

短歌《うた》

読む者の心に触れて深々《ふかぶか》と刻むまことの新しき短歌《うた》

短歌《うた》もまた生《い》きとし生《い》ける紅《くれない》の血潮《ちしお》交《かよ》いて息《いき》の音《おと》する

冬の日

冬《ふゆ》の日の淡《あわ》き陽《ひ》ざしを悲《かな》しみて氷《ひ》水《みず》垂《た》る音《おと》独り聴《き》くかも

日《ひ》の本《もと》の敗《やぶ》れし年ゆこの年もあと7日にて暮れんとするも

新《あら》たなる年を祝《しゅく》すか夕暮《ぐ》れて降《ふ》り出《だ》しにけり白雪の華《はな》

昭和二十一（一九四六）年

猫

めずらしく晴れたる今日はこもり居《い》の猫はそぞろに垣上《かきえ》を歩めり

いつの間に昇《のぼ》りしものか眞向《まむか》いの屋根の日向《ひなた》に猫白く居る

暖《あたたか》き日向《ひなた》に丸く蹲《うずくま》り身じろぎもせぬ大き親猫

その上《かみ》は猛《たけ》く山踏《ぶ》み吼《ほ》え抜《ぬ》きしけだもの今はおもかげもなし

冬山

冬靄《もや》の繁《しげ》みに立ちて白々《しろじろ》と見慣《みなれ》し山は今朝はも尊《とうと》し

冬靄《もや》に麓《ふもと》は見えず頂《いただ》きのはげ岩《いわ》に積むさ雪さやけし

わが道の前にそば立つ大き山何時《いつ》にもになく高く見えけり

新雪の山深みゆく二《ふた》もとのスキーの跡《あと》を無意識に追う

一杯の水飲みたしと山小屋の折戸《おりど》を打てど物音もなし

闇《やみ》市《いち》

（かつての特攻隊の兵士）

ひとたびは爆《は》ぜんと競《きそ》いしその声の威勢《いせい》の気合闇市《やみいち》に聞く

生《い》きながら神と言われし男子等《おのこら》の闇市《やみいち》に張《は》る店はかなしも

ひとたびは神と言われしかその声の闇市《やみいち》に聞けりおどろおどろし

肩張りて札束《さつたば》握《にぎ》るむくつけき男は人を喰《くら》いしごとし

うろうろとこれも買いたしあれも欲《ほ》しと値《ね》を訊《き》くのみに忙しき老婆《ばば》

冬桃木

去年《こぞ》の秋の手入れ怠りしこの桃木《ももぎ》形もなげに枝伸《えだの》ばしおり

手入れせぬ庭の桃木は雪の面に這いつくばかり枝伸《えだの》ばしおり

萌《も》え出でし桃の若枝《わかえだ》手折《たお》りては杖作《つえつく》らんと父は言い給う

父上が杖《つえ》に造りし桃の木の残りし枝《えだ》は更に見にくし

危《あぶ》なげな杖《つえ》に手折《たお》りし桃の枝《えだ》は父が旅路《たびじ》に捨て給いしと聞《き》く

入学試験監督員《かんとくいん》となりて

うそ寒き試験の朝よ二年《ふたとせ》の昔《むかし》切なき日を思い出《い》づ

われもまた幾度《いくたび》か経し人生の大き試練ぞ他人《ひと》ごとならず

運命の紙を秘めたる紙包み静かに置ける試験事務室

靴音もかそかに試験場《へや》に入り行けば清き瞳《ひとみ》が我の眼を射《い》る

受験生の知り合える顔にはたと会いきびしく黙しぬ我もまた彼も

二年前受けたる我は位置代えて今ここに立つ無量の思い

試験開始五分前なり紙配る音のみ高し紙配る音

試験開始のベルは鳴りたり過ぎし日の切なき我に帰り来るかも

おのずから道開かんと若々《わかわか》と燃えさかり立つ清き瞳《ひとみ》よ

汝《な》があとに父母《ちちはは》のあり兄のあり母校のありてまた我もあり

息づまる室《へや》をにわかに陽《ひ》が射せば受験生ならぬ我もほっとす

はや廊下に父兄《ふけい》の顔の溢れ来て疲れ入りたる子を待ちており

あと五分果つべしと言うに必死なる筆走らすも見るに耐え得ず

鰊《にしん》

開《あ》け放つ縁《えん》に干《ほ》したる初鰊《はつにしん》風静かなれば蝿《はえ》の群《む》れいる

変わらざる鰊の味よこの年も蝦夷《えぞ》が島根の幸《さち》をし思う

油濃き鰊の煙家中がくすぶりにつつ楽し夕飯

戦後初の衆議院総選擧

民主日本の記念の朝よあたたかき日射《ひざ》しゆたけく窓辺に溢る

この朝《あさ》けひきもきらさず人々の群れゆくあたりかつ我も行く

初めての大選挙なり我もまた一票入れし二十二の春

わが投票《い》れし人連なりて悉《ことごと》く当選したり暖き朝

蝉《せみ》しぐれ

いずこより来たりしものか庭の木に耳もとどろに蝉の鳴くあり

ふと止みし蝉の鳴く音《ね》に一時《ひととき》は吾《われ》に返りてもの思いたり

秋来れば絶える命《いのち》のはかなくて今の盛《さか》りを恋《こ》うて鳴《な》くかな

蒸《む》し暑き葉月《はつき》の空よ蜩《ひぐらし》はしきりに鳴けり庭木々に来て

秋来たる

畑なる庭に秋づく陽《ひ》の射《さ》せばわが家のトマト色づきにけり

務め抜きて一日《ひとひ》ははやも暮れにけり軒下に鳴く蟋蟀《こおろぎ》の声

夕食《ゆうげ》終えしばしを縁にたたずめり蟋蟀《こおろぎ》の鳴く秋のよろしさ

秋更《た》けし庭のかそけさ靴ぬぎの石かげに来て蟋蟀《こおろぎ》鳴くも

この朝《あした》眠り足《た》らいて目覚めたり外《と》の面《も》に繁《しげ》きあかときの雨

さ庭辺《べ》に一もと萩の花散りて細茎《くき》寒く風になびけり

降り足らぬ空の暗さよ軒下にしめやかに鳴くえんま蟋蟀《こおろぎ》

ある時

月《つき》あきら星《ほし》は稀《まれ》にと古《いにしえ》の人詠《よ》みし夜《よ》は今宵《こよい》にもあるか

雨にあう疎開《そかい》家屋の流し端《ば》に石鹸箱の一つ残れる

今《いま》我《われ》は故郷《ふるさと》に居るなり満ち足りて爪《つめ》を小《こ》切《き》りて遺《い》爪《そう》と記《しる》す

雲晴れて眞《ま》昼《ひる》陽《び》照《て》らう窓の外へ頭《かしら》出《い》だせば夏の香《か》漂《ただよ》う

我はまたつつが無くしてこの年の夏の香《か》匂《にお》う幸《さち》をし思う

故郷《ふるさと》は詩《し》の都《みやこ》なり大いなる緑の山に雲を抱《いだ》けり

故郷《ふるさと》はあな平和《へいわ》なり年を経ていつに変らず蛙《かわず》鳴くなり

あの日々《ひび》の戦《いくさ》の頃を思い出《い》づハンマーの音《おと》ベルトの響《ひび》き

今日一日慣れぬ工場《こうば》に働きし友の瞳《ひとみ》に光るものあり

ふと来《き》たりつと消《き》え去りぬ詩《し》の心記《しる》さんとすれど筆《ふで》は動かず

寒冬

寒々《さむざむ》と冬陽《ふゆび》は落ちて来遊《きあそ》びし山の小鳥は山に帰《かえ》りぬ

家近き川の瀬音の底《そこ》ごもる音《おと》絶やさんと雪降《ゆきふ》りており

ほそぼそと斜の陽《ひ》ざしかそけさに氷水《ひみず》の垂《た》るる音《おと》のみ繁《しげ》し

寒々《さむざむ》と冬陽《ふゆび》は落ちて川の瀬《せ》に飢《う》える鴉《からす》のなお群れ啼《な》くも

オリオンの傾《かたむ》く空は晴れわたりかそけくもあるか凍《こお》る今宵《こよい》は

手《て》みやげにもらいし豆を冬の日の長き夜更けに我独り炒《い》る

破《は》れ窓に板打ちつけし我《わ》が乗《の》れる客車《きゃくしゃ》の中は寒々《さむざむ》とあり

冬松葉《ふゆまつば》葉末《はずえ》を寒《さむ》く吹《ふ》く風は鴉《からす》の毛並《けな》みそば立てており

雪《ゆき》なだる音《おと》は今《いま》せり目覚《めざ》めたる我《われ》は凍《こご》えて厠《かわや》へ行けり

昭和二十二（一九四七）年

冬の図書館

短歌《うた》詠《よ》みの文を選びて手に持ちてひろびろとせる席を見渡《みわた》す

手も足も痛むが程に火の気《け》なき広き図書館にひとり書《しょ》を読《よ》む

広々と人なき室《へや》に我独《われひと》り文読《ふみよ》みおれば魂《たま》はそそがれぬ

わが横に座《すわ》りし人は弁当《べんとう》を開きしならん飯《めし》を噛《か》む音

折《おり》にふれて

友《とも》の身《み》に想《おも》いはせれば小机《こづくえ》に時計《とけい》の音のコチコチと繁《しげ》く

今日も買《か》いしみずみずしける冬小花夕間暮《ふゆこばなゆうまぐ》れには散《ち》り果《は》つるらん

幼子《おさなご》の手足《てあし》つっぱり泣きわめく他意《たい》なき姿《すがた》我《われ》は見《み》とれぬ

祝いごとあるらし灯《とも》しあかあかと明るき窓に揺《ゆ》らぐ人影《ひとかげ》

素直《すなお》なるまことの友の顔《かんばせ》にわれ恥《は》じ入りて下うつむけり

友の身《み》の直《なお》なる姿裏《うら》切りしわれは自《みずか》ら責《せめ》に苦しむ

スタンドのスイッチ切れば眼の前の障子《しょうじ》明るく月光《つきかげ》の見ゆ

眼頭《めがしら》の痛《いたみ》に耐えず筆置《ふでお》きて外眺《そとなが》むれば吹雪眩《ふぶきまぶ》しく

短歌《うた》のこと思いて眠《ねむ》り入《い》りにけん今朝《けさ》の目覚《めざ》めのことにすがしき

肉太《ししぶと》の人に混《まじ》りて細きわれあわれ静かに浴湯《ゆ》を掻《か》き居《い》たり

十四夜《や》の月

大いなるシネマ見るごと照る月は黒々《くろぐろ》と家の影《かげ》を落《おと》せり

照《て》る月は雪山の上に黒々《くろぐろ》と並べる家の影《かげ》を落《おと》せり

窓の上に高々と積む雪山は十四夜の月にチカチカ光る

大いなる暈《かさ》を頂《いただ》く十四夜の月は靜寂《しじま》の象徴《しょうちょう》のごとし

月見れどわが家《や》の人の語《かた》らいが心にかかり詩興《しきょう》動かず

冬日

冬の日の吹雪《ふぶ》く一日《ひとひ》を我独り家にこもりてもの思いおり

一人居《ひとりい》の冬の古家《ふるや》は人恋《ひとこ》いし訪《と》い来る人《ひと》にいそいそと立つ

吹雪《ふぶ》く日は炉端《ろばた》に置ける石炭の残り少《すくな》きを歎きているも

暖《あたた》かき暖炉《だんろ》の側《そば》に父上《ちちうえ》が苦心《くしん》して得《え》しゴム長もあり

風《か》邪《ぜ》

風《か》邪《ぜ》らしき熱を気にしつ起《お》き出でて厠《かわや》に仰《あお》ぐ星のつめたさ

暖《あたた》かき銭湯《ゆ》より出《い》でてはこれが我の最後《さいご》なるかもやと思いつつおり

このままに肺炎《はいえん》起《おこ》し死ぬにやと心弱くもわれは憂《うれ》いぬ

体《からだ》具合《ぐあい》少し変われば死ぬにやと憂《うれ》うる我をしみじみ思う

大いなる悔《くい》は身内に燃えたぎりかっかっと熱し風邪《かぜ》ぎみの身《み》に

風邪熱《かぜねつ》のまだ去りやらぬ口《くち》の中につめたき飯《いい》を押し込みにけり

暖冬

渾身《こんしん》の力《ちから》をこめて木の芽突《めつ》く小鳥《ことり》の身《み》より冬《ふゆ》立つらんか

萌《も》え出づる木々《きぎ》の若芽《わかめ》に渾身《こんしん》の力《ちから》をこめて小鳥つつくも

川の面にはりつむ氷《こおり》うち解《と》けてかたまり落《お》ちるま昼《ひる》ひそけさ

南《みなみ》なる障子《しょうじ》に氷柱《つらら》影《かげ》を並《な》みせわしく滴《しずく》垂《た》らしておれり

冬暮れし黒《くろ》める雪にははねて小さき滴《しずく》飛《と》び散《ち》りており

さわやかな物音《ものおと》たてて耳許《みみもと》に古帽子《ふるぼうし》打ち滴《しずく》たばしる

汚《よご》れたる雪の細路《ほそみち》杖《つえ》つきて風《かぜ》に行くごと老人《おいびと》のあり

微分方程式《びぶんほうていしき》

あけくれに歌詠《うたよ》み書《か》きしこの筆《ふで》で我《われ》は微分方程式を解《と》く

朝《あさ》けより考え抜《ぬ》きし方程式夕づく頃に漸く解《と》きぬ

春来たる

川の面《おも》の氷いつしか消え失《う》せて暖く見ゆ春来たるらし

春《はる》の戸《と》を叩《たた》かんとてか渾身《こんしん》の力《ちから》をこめて小鳥《ことり》木を衝《つ》く

南《みなみ》なる障子《しょうじ》にうつる影氷柱《かげつらら》せわしく滴垂《しずくた》らしておれり

チカチカと光る川面《かわも》にはりつめし氷《こおり》の落《お》ちる真昼《まひる》ひそけさ

空虚

冬休み明日は果つべし今日午後はふりかえり見て空しきを歎《なげ》く

なに事もなすにはあらず空しくて独《ひと》り氷柱《つらら》の垂《た》るる音《ね》を聞《き》く

郭公《かっこう》の空しく鳴《な》ける時恋《ときこい》し今《いま》はも鳴かず更《さら》に空しき

米《こめ》搗《つき》

配給の乏《とば》しき米《こめ》をいかにしても豊《ゆたか》にせんと糠《ぬか》別《わ》けにけり

一升瓶《しょうびん》に玄米《げんまい》入れて細竹で米《こめ》搗《つ》くこともわが慣《な》れにけり

暖《あたた》かき日射《ひざし》の縁《えん》に春の日の長き一日《ひとひ》を米搗《つ》きており

霜の朝

吐《は》く息の白き寒さに驚きて起《お》き出《い》でて見れば霜深き朝

朝戸出でて心淋しも我が庭の落葉の上の霜踏《ふ》みにけり

　昭和22（1947）年

雨晴れしあしたさやけく陽《ひ》は照りぬ梢《こずえ》を渡《わた》る雨雲一つ

もの音は絶えてひそけし山峡《やまかい》の畑の上に月照りにけり

踏《ふ》み入れる林の中のひそけさよ楓《かえで》の朽葉《くちは》音無く散るも

梨の木に二十日《はつか》ばかりの月照りぬ厠《かわや》に入りて短歌《うた》詠《よ》みている

ひとりして枯野《かれの》の中を行き行けど人に会わぬが淋しかりけり

我《わ》が庭にまだ青々と色保つ玉菜《たまな》に淡く陽は照りており

落葉松《からまつ》の枝吹き払う風寒し奥津城《おくつき》どころ秋さびにけり

今年はやみ冬となれり朝あけの梢《こずえ》に寒き木枯《こが》らしの風

雪の日

雪の日を餅搗《もちつ》きおれば寒々《さむざむ》と山辺の里に陽《ひ》はかげりたり

ひっそりと折戸《おりと》閉《し》めたる山小屋に人の気《け》絶えて日は暮れにけり

　昭和22（1947）年

風止みし朝《あした》覚《さ》めれば枕辺の時計停《とま》りてひそかなるかも

昭和二十三（一九四八）年

寒き朝

この朝早《あしたはや》きに起きて雪掻《ゆきか》きし胸深く吸う息のすがしさ

仏壇《ぶつだん》の水も凍りぬ盛り上がる豊かな氷暖炉《こおりだんろ》に置けり

うつらうつら夜明けの床《とこ》に目覚《めざ》むれば修業の太鼓《たいこ》遠く近く聞《き》こゆ

とりわけて寒き朝なりきしきしと雪きしませて馬橇《そり》外《そと》を行く

あかときの隙《ひ》間《ま》洩《も》る風《かぜ》は冷《ひ》え冷《び》えと障子《しょうじ》を鳴《な》らす春遠《はるとお》くあり

目覚《めざ》めれば風《かぜ》なお止まず枕辺《まくらべ》の時計の音のかそかなるかも

或る時の短歌《うた》

子を三人ここに育てて衣食足り安きにいます父は晝寝す

この年は嫁《とつ》ぐにあらん結綿《ゆいわた》の乙女二人が裏街《うらまち》を行く

起きることがかくもつらきか冬ひやき小床《さどこ》の上に朝日照りたり

とりわけてけだるき朝よ起き出でて八時の飯《いい》をかみしめにけり

雪晴《ゆきは》れる

冬楢《ふゆなら》の黒き木肌《きはだ》につぶつぶと雪を残して雪晴れにけり

一面《いちめん》に眩《まぶ》しく光る白雪の夕づく原《はら》を我独《われひと》り行く

一面《いちめん》に眩《まぶ》しき原に夕《ゆう》づきて馬橇《ばそり》の跡《あと》を我独《われひと》り行く

傾《かたむ》きし陽《ひ》ざしの影《かげ》に雪原《せつげん》の小さき起伏《きふく》も明らかに見ゆ

夕近《ゆうちか》く晴れれば淡《あわ》き陽《ひ》の光《ひかり》わが影長《かげなが》く雪に落《おと》せり

夕近く雪晴《ゆきは》れたれば淡《あわ》き陽《ひ》の影法師《かげぼうし》長く我《わが》前を行く

吹雪《ふぶ》く夜

吹雪《ふぶ》く夜《よ》に親族《うから》い寄りて炒《い》る豆《まめ》のかおり豊かに家《や》に満ちにけり

我が室《へや》

つみ上げし書《ふみ》や古紙《ふるがみ》うず高《たか》きわが室《へや》に居《い》て我《われ》文《ふみ》を読《よ》む

折にふれて

停電の続きし夜よ夕飯《ゆうはん》を終えて何やら落ち着《つ》かぬかも

あめつちはひそかなるかも夜深《よるふか》く雪さらさらと戸《と》に触《ふ》るる音《おと》

祖母《そぼ》去りし茶の間《ちゃま》に見たり一本の長髪《ながかみ》落ちて家静《いえしず》かなり

祖母《そぼ》去りて静かになりし夕暮《ゆうぐれ》の座敷《ざしき》に長き髪《かみ》見出《みい》だせり

家《いえ》の内《うち》をぐらりと揺《ゆ》らし轟《とどろ》きて屋根に積む雪今なだれたり

夕飯《ゆうはん》の匂《にお》いかぐわし腹空《はらす》きて我はひたすら呼ばれるを待つ

夕近《ゆうちか》く北風寒《さむ》き家の外《そと》に馬叱《うましか》る声しきりに聞こゆ

馬叱《うましか》る声遠《こえとお》のけば北風のいよいよつのり夕暮《ゆうぐ》れんとす

風寒《かぜさむ》き中を来《き》たりて浴湯《ゆ》に入ればジーンと痛《いた》し手の指先《ゆびさき》が

浴湯《ゆ》より出《い》でて外に出《い》づれば風強く電信柱《でんしんばしら》に灯《ひ》のともりたり

すきまより雪解《ゆきど》けの風《かぜ》吹き入りて障子《しょうじ》を鳴らす寒き朝かも

雪解《ゆきど》けの風なお寒《さむ》く吹き拂《はら》う山近き野に夕《ゆうべ》の気配《けはい》

家の外《そと》を一番鴉《がらす》はや鳴《な》けり山近き野の宿《やど》りを懐《おも》う

一日の仕事を終えてさくさくと衰《おとろ》えとけし雪踏《ゆきふ》みて帰《かえ》る

衰《おとろ》えて半解《なかばと》けたる雪道はつかれし足にぬかりて悪《わる》し

たわむれて進駐軍《しんちゅうぐん》は雪球を我に投げたり独《ひと》りし行けば

あどけなき進駐軍《しんちゅうぐん》のたわむれに怒《いか》りし我は空《むな》しかりけり

旅果《たびは》てて父帰り給《たも》う家内《いえうち》ににわかに活気《かっき》動く宵《よい》かも

少《すく》なけるみやげの中に函館《はこだて》の鰈《かれい》のさしみ生臭《なまぐさ》く匂《にお》う

電灯《でんとう》を静かに消して寝《ね》につきし耳《みみ》にあわれな野良《のら》猫の声

或る朝

雪解《ゆきど》けの激しき風に目覚《めざ》めれば止《とま》りてありし枕辺《まくらべ》の時計《とけい》

止《とま》りたる時計のねじを巻きたるはいつかもと思いうつらうつら眠《ねむ》る

起き出でて触れる時計の冷ややかさガラスは手にて白く曇《くも》りぬ

氷柱《つらら》

大きなる氷柱《つらら》は垂《た》れりこの暖《ぬく》みに蛸足《たこあし》のごと大き氷柱《つらら》は
幾重《いくえ》にも重なり垂《た》るる氷柱《ひょうちゅう》のくだけ落つべし今日の暖《ぬく》みに

太々《ふとぶと》とわがもの顔に垂《た》れ下《さが》るあわれ氷柱《つらら》よ昇る陽《ひ》の暖《ぬく》み

春近し

掛《か》け布団《ぶとん》一重《ひとえ》減《へ》らしてこの頃の暖《あたた》かさ思う今宵《こよい》なりけり

春はあな近くにあらし文読《ふみよ》める足ぽかぽかとぬくむ今宵《こよい》よ

夕食の終えし体にぬくぬくと暖《あたた》かみあり春近からん

雨の音我が家《や》に聞けば右左《みぎひだり》雪うず高《たか》きも春の心地す

東向くガラスの氷はや解けて一面に受くほのぼの明《あか》み

屋根に降る雪次々と消え失せて滴《しずく》となりて落ちるぬくもり

トタン屋根の斜《はす》に降る雪つぎつぎと吸われる如く消え去《う》せにけり

俄《にわか》にも出づる日向《ひなた》に屋根の雪大雨のごと滴垂《しずくた》らせり

押し流す雪どけ水のはね上げて疾走するジープ人の浪《なみ》かも

饅頭《まんじゅう》のほのかに焦《こ》げる臭《にお》いして彼岸会《ひがんえ》過《す》ぎし今日のどかなり

遠き伯父の逝《ゆ》き給いしを知りたるは春の彼岸も過ぎし日なりし

感ありて

夢の中に短歌《うた》詠《よ》みせんと悶《もだ》え居る我より覚《さ》めて汗しとどなる

短歌《うた》詠《よ》みの道はぬかるみ喘《あえ》ぎ喘《あえ》ぎ牛《うし》歩むごと我は行くなり

短歌《うた》詠《よ》みの道歩む我はゆきゆきて成らざるも良し成るはなお良し

悲しみの短歌《うた》詠み出でておのずから悲しみは去り心なごむも

毎夜《まいよ》毎夜《まいよ》書きては消してまた書きし文《ふみ》今宵《こよい》成《な》り安らかにいる

そんなことなしと言い捨つ友どちの真剣な顔我は気圧《けお》されぬ

帰還《かえ》り来《き》て変わりし世をば嘆《なげ》く友の悲しき面《おも》をひた見つめたり

無価値なる映画見果てて出づる我空しき想《おも》い耐えられずおり

風吹けばざわざわと鳴る柏葉《かしわば》の夕《ゆう》近き野に独りぞ我来《わがこ》し

照る陽《ひ》

照る陽《ひ》は既《すで》に夏なり青々と山肌近くそば立ちて見ゆ

おし登る朝日の照りにほの白き月かげ淡く照り残したり

照る陽《ひ》にたちまち深き露とけて青草《あおくさ》青《あお》く立ち直《なお》りたり

夕《ゆう》まけて雨晴れ上がる気配《けはい》なり雲切れをもれる没日《いりつひ》の色

高原《たかはら》の牧場のほとり郭公《かっこう》の鳴く音《ね》につれて霧《きり》晴れるらし

草原《そうげん》のゆるき斜面《しゃめん》にはだら牛はだらに群れて草食《は》みており

まなかいにぷたりぷたりと大きなる乳房ゆ振りて牝牛《めうし》群れゆく

もの憂《う》げに話す牧夫《ぼくふ》の頤《おとがい》の髭《ひげ》銀色に老《お》いさびにけり

湖《みずうみ》の岸の茂みは昼《ひる》暗く日中《ひなか》を蛍《ほたる》光り飛びたり

雨持《あめも》ちてお暗《ぐら》き夜を蛙等《かわず》の鳴く音《ね》しきりに更《ふ》けにけるかも

夏蝉《なつぜみ》の庭木に鳴く音《ね》止みし時ま昼《ひる》ひそけく音《おと》絶えにけり

雨過ぎし庭の胡瓜《きゅうり》は一時《ひととき》に皆白き花咲き初《そ》めにけり

夕《ゆう》近く渚《なぎさ》の砂を踏《ふ》みて行く我足《わがあし》あとを波の洗うも

また或る時

海原《うなばら》の果《は》たてに沈む日輪《にちりん》に手を合わせけり他人《ひと》なかりければ

こおろぎの鳴く音《ね》を聴きて老《お》い父はしみじみ秋の寂《さび》しさを言給《い》う

帰り来て書籍《ふみ》を開けば寂《さび》しさも悲しさも無し心《こころ》落ち着く

一椀《いちわん》の父が苦労の米なれば手をば合わせて箸をとりたり

夕陽《ゆうひ》背《せ》に峠を下るこの坂は雲霞《うんか》のごとき羽虫なりけり

軒端《のきばた》の氷柱《つらら》素太《すぶと》く垂《た》れにけりこのまゝ冬に入《い》るにやあらん

軒並《のきな》みに電灯《でんとう》つけば襲《おそ》い来る寒さの中をひとり帰りぬ

家庭教師のつとめを終えて帰り来る我をまともに月照らしたり

この頃

この頃の心苦《くる》しきあけくれや壁に向いて息をつきたり

疲れたる瞳をあげて冬の陽《ひ》の淡き光を思いなげくも

昭和二十四（一九四九）年

通夜《つや》の家

今宵《こよい》通夜《つや》と聞きにし裏《うら》の雪深《ゆきふか》き家に今しも灯《ひ》のともりたり

通夜《つや》あらし雪に埋《う》もれし小《ち》さき家《や》の窓より漏《も》るる経《きょう》の音《ね》かなし

通夜《つや》らしき読経《どきょう》漏《も》れ来る小《ち》さき家《や》は雪に埋《うも》れて淡き灯《ひ》ともせり

一《ひと》つ家《や》の淋しき中に一《ひと》もやの立ちこむ煙人《けむりひと》を泣《な》かしむ

僧《そう》の読《よ》む経《きょう》のさびある悲《かな》しさに垂《た》れたる頭《かしら》ならびて見ゆる

春来たる

硬雪《かたゆき》の残れる庭に降り立ちてかきころがしつ雪解《と》かしけり

去年《こぞ》の秋植《う》えし青葉の黄ばみたるなつかしき顔雪下に見ゆ

太き木の根本の雪の溶《と》け去れば水仙の芽の健《すこ》やかに出《い》づ

庭の雪日毎に消えてみずみずし水仙の芽の吹き出でにけり

なつかしき土いでにけり下駄の音《ね》を楽しみつつも我歩みおり

サイレンのしきりに鳴るは火事《かじ》ならん風強き日の春の昼《ひる》頃

折に触れて

今日も見し下弦《かげん》の月は太りつつ次第に高くなりにけるかも

胸に持つ怒りに耐えず山鴉《やまがらす》群れ鳴くあたり見つめたりけり

文読《ふみ》むと我は机に向えども短歌《わか》去り難きこの朝《あした》かも

朝《あさ》けより少し寒しと思いおれば雪降り出でぬ蝦夷《えぞ》の春かも

ようやくに乾きし土に夕まけて雪降りしきる春の一日《いちにち》

芍《しゃく》薬《やく》の花咲く頃

芍薬の萌《も》えしこの頃去年《こぞ》の冬眼張《めばり》し紙の色あせにけり

川べりに水仙の花咲きにけり川水温《ぬる》くなりにけらしも

春の陽《ひ》はようやく高くなりにけり川面《かわも》まぶしく光《ひかり》かがよう

日毎に雪消えゆけばわが庭をはつはつと青き蕗《ふき》のとう萌《も》ゆ

春雨の降れば萌《も》え立つ芍薬《しゃくやく》の芽の色赤く色増しゆくも

もや深き寒き軒端《のきば》に雀《すずめ》二羽ふくらみいつつ朝明けにけり

宵更《よいふ》けて机に向うわが前を蜘蛛《くも》の子一つ垂れにけるかも

蜘蛛《くも》の子は暗《くら》きに行きぬ輝きてかぼそき糸の揺《ゆ》れいたりけり

昨夜降りし雨にこぼれし白梅の花びらの土を踏《ふ》みしめにけり

夕《ゆう》まけて風吹きいでぬ七分咲くと聞きにし花を思いやるかな

肩《かた》に手《て》にスコップ持ちて朝の陽《ひ》の光の中を生徒等の行く

短歌《うた》詠みの我はさきくも魂《たま》あえる短歌《うた》くちずさみ畝《うね》掘りており

人《ひと》おのおの鍬《くわ》をかつぎて家々に帰り行く頃を夕初《ゆうそ》めにけり

ようやくに登りつめたる峠坂《とうげざか》町は黒みて眼下《まなした》に見ゆ

病《やまい》から立ち直りたる我の眼に五月《さつき》の青葉色増しにけり

春雨の止みて湿《しめ》れる街《まち》を行く乙女の赤き襟《えり》は美《うつく》し

美しき日傘《ひがさ》の乙女前を行く白足袋の汚れ見ゆる愛《かな》しさ

臥所《ふしど》にて寝られぬ夜半《やは》をほのぼのと窓明《あか》りくる月出づらしも

雨のまま夜《よ》はあけるらしほのぼのと外燈の光一つ残れる

ラジオより三味線の音《ね》の流れ来ぬ今宵はなにか淋しきろかも

師の短歌《うた》は蟇《ひき》ころころと詠みてありわが玉の緒《お》に触れる心地す

雨上がる庭の青葉は朝の陽《ひ》に露《つゆ》きらきらし揺《ゆ》れいたりけり

夕《ゆう》まけて郭公《かっこう》鳴きぬこの年も郭公の鳴く頃となりたり

わが庭の馬鈴薯《ばれいしょ》

雨上がる庭の畠のぬれ土を馬鈴薯の青芽萌《も》え立ちにけり

雨降れば一雨毎に馬鈴薯は茎《くき》立ち長く花咲きにけり

馬鈴薯《いも》の花の白きに照らう真夏日のこごしき光もの静かなり

春の日のおもい

芍薬《しゃくやく》の花咲き初《そ》めて陽《ひ》は暑し短歌《うた》を忘れて十日《とうか》過ぎたり

雨降りて次第に温《ぬる》む池水におたまじゃくしは生まれつつあらん

わが思い小池に生《う》まる秋の日のかげろうに似てはかなきかなや

折《おり》からの雨降りくればはらはらとあんずの花は散りにけるかも

山百合《やまゆり》の花

山百合の花咲きたりと我が踏《ふ》める山に向いて叫びつるかも

日の暮れに山路を辿《たど》るわが思いおだまきの花咲きていにけり

蚊帳《かや》の外に雷《らい》のごとくに蚊が鳴けど我は落ち着き寝入らんとする

真夏日のおし照る陽《ひ》ざし朝顔のほのぼの白き花散りにけり

帰り来て文《ふみ》を開けば淋しさも悲しさもなし心落ちたり

楚々《そそ》たる川

ほのかなる思いを秘《ひ》めて渡り行く楚々《そそ》たる川の流れゆくもの

たまたまは笑える時もありにけり心につつむ悲しみに居て

悲しみの心耐えかね或る時はささやかなことに打ち笑いたり

無理に笑う一時《ひととき》の間《ま》は過ぎしかば大き虚《うつろ》は我を襲《おそ》うも

磯端《いそばた》に打ち寄せられし海藻《かいそう》をふみしめて行くわが思いかな

今日よりしこの苦しさに耐えんとす青蚊帳《あおがや》の中に息《いき》をするなり

いささかの悩《なや》み心《ごころ》にしばしばはふと手を止《や》めて思い入るかな

長き休み果てなん日また近づけば我が思惑《おもわく》は悔《く》いなりにけり

いかにしてこの苦しさに耐えんとぞ思いつめつつ一日《ひとひ》暮れたり

蚊柱《かばしら》の立つ頃

暑さややゆるみし庭に蚊柱《かばしら》のひとむら立ちて夕去《ゆうさ》りにけり

雨晴れて暗き軒下《のきした》鳴く虫のほのかな声を聞く日となりぬ

蟋蟀《こおろぎ》のこほろこほろと鳴く声にものは思《も》いつつ聞《き》き入りにけり

短《う》歌《た》詠《よ》みていれば家人《いえびと》嫁《とつ》ぎたる従姉《いとこ》のことを言いて語るも

馬《い》鈴薯《も》掘りしあとの柔土《やわつち》野《の》雀《すずめ》のかたまり鳴きて土浴びており

吹く風に漸く夏は行けるらし寺門《じもん》に蟬《せみ》の鳴く音《ね》涼《すず》しく

ぼろ蚊帳《かや》をわれ持ちたれば思わめや蚊の習性《しゅうせい》を知りにけるかも

朝雨はたちまち晴れてもろこしの秋津《あきつ》の羽根は陽《ひ》に光るなり

亡母《はは》の命日《ひ》に

今日もまたかくて暮れたり茜《あかね》さす空のかたえに陽《ひ》は沈みつつ
亡母《はは》の命日《ひ》は明日なるからに購《あがな》いし白花はやも散りにけるかも

麦打つ人

てらてらと夕陽の光背に受けて麦打つ人はなにを思うや

美しく紅葉《もみじ》し初《そ》めし深渓《ふかたに》を独りし降《くだ》るもの思いつつ

松原の小路を行けばあわれにも白萩《しらはぎ》の花咲きていにけり

朝《あさ》けよりほろりほろほろと山鳩の鳴く音《ね》は悲し眼は閉じにけり

ある時の短歌《うた》

貨物列車の行き来《き》静かに夕暮《ゆうぐ》れぬ遠旅にある父を思うも

久しくも続きし雨よ今日来れば水嵩《みずかさ》増して土手低く見ゆ

内職の仕事を終えて日は暮れぬ我の生活手段《たずき》の安からざるも

日を経《へ》れば製図の仕事重なりてしぶり腹かかえ夜《よ》を更《ふ》かしたり

眼薬をさしてくれとてころぶしぬ父のまぶたの老《おい》に触るるも

ひたすらに短歌《うた》詠《よ》みせんと悶《もだ》え居る夢より覚めぬ夜《よ》は明けにけり

独りして畳に座せば冷《つめ》たさよ心のなやみ明日に持ち越す

この我にああ住みにくき世の中かただおろおろと憂《うれ》いておれり

たわやすき生活《たずき》に慣れる我なるやさしたることに涙ぐみたり

わが肝《きも》の線の細さよかかる事におのずからにして胸痛みたり

臥所《ふしど》にて眼《まなこ》は閉ざせほとほとと他人《ひと》を憤《いきどお》る胸の安らぎ

ここにして我身またくも満ち足りぬ死ぬことは人になしとさえ思う

昭和二十五（一九五〇）年

農場の小路

農場の小路にぬかる枯草や夕《ゆうべ》の鐘《かね》も既に鳴りたり

寒さの冴え極まればひっそりと望月出でて夜ならんとす

雪荒れる亡母《はは》の墓辺《はかべ》に吹く風を今宵《こよい》はひとり思いなげくも

ひたすらに思いあまりて尾根遠く瞳《ひとみ》を我は凝《こ》らしけるかも

雪晴れて新墾《にいはり》みちに射す陽かげかそけくもあるか我独りなり

天《てん》の神《かみ》

天の神何《なに》の怒りか今日の日の暁《あかつき》がたの風狂《くる》いたる

昔からの苦学生に我も加わりぬ石鹸工場の職工となりて

みすぼらしき服装しつつ家を出ぬ真面《まとも》な朝日さわやかな汗

家庭教師の勤《つと》めを終えて帰る夜や雲なき空を仰ぎけるかな

黒きとばり

死と言える黒きとばりよ苦しみも悲しみも無き黒きとばりよ

亡母《はは》の位牌《いはい》

ふたたびは帰ることなき故郷《ふるさと》か亡母《はは》の位牌《いはい》に向《むか》いたりけり

あとがき

以上の短歌《うた》は私が二十歳から二十五歳までの主に学生時代に詠んだ中から三百六十首余りを選んだものである。当時、戦争が進み、今日では想像もできないような食糧難や物資不足に悩み、終戦後も敗戦国の立場から就職難も加わった苦難の時代であった。この間、私は故郷の大学に入り、ここで学生生活を送ることができたのは幸いであった。

大学、高等専門学校の学生に与えられていた、卒業まで兵役の義務に服さなくともよいと言う、戦前からの「徴兵猶予」の制度が終戦の二年前に廃止され、いわゆる「学徒出陣」により、この戦争中に、文科系の優秀な人材が失われた。

我々は理科系であったので、「現代戦争は科学の戦争である」と言う名目の許、徴兵検査は受けたが、入営延期の制度により、学生生活を続けたのである。戦中、戦後の物資が欠乏した苦しい時代ではあったが、机を並べた三人の親友を得て、充実した学生生活を送ることができたのである。

私の生涯も残り少ないが、ノートに書き記していた私の短歌《うた》を整理することを思いついた。当時の私の生活を昨日のように思い出す短歌《うた》ばかりである。

本書の編集に当たり、千首以上あった自分の短歌を三百七十首近くにまとめ、その際、読みづらい旧漢字をできるだけ新漢字に変えたため、旧漢字と新漢字が混在していることをお許し願いたい。

令和二年三月

村田耕三

著者プロフィール
村田 耕三（むらた こうぞう）
1925年（大正14年）北海道札幌市生まれ。
北海道大学工学部機械工学科卒。
機械技術者として、工作機械メーカー等に勤務。その後、特許関係の翻訳の業務に従事。
東京都在住。

あの頃の短歌《うた》

2020年10月15日　初版第１刷発行

著　者　村田 耕三
発行者　瓜谷 綱延
発行所　株式会社文芸社
〒160-0022　東京都新宿区新宿1－10－1
電話　03-5369-3060（代表）
03-5369-2299（販売）

印刷所　株式会社フクイン

ISBN978-4-286-22021-5